JN153228

母の日のためのレクイエム

グリーフケアのための詩と変容

松久明生

カバーデザイン
松久ナシム

22世紀アート

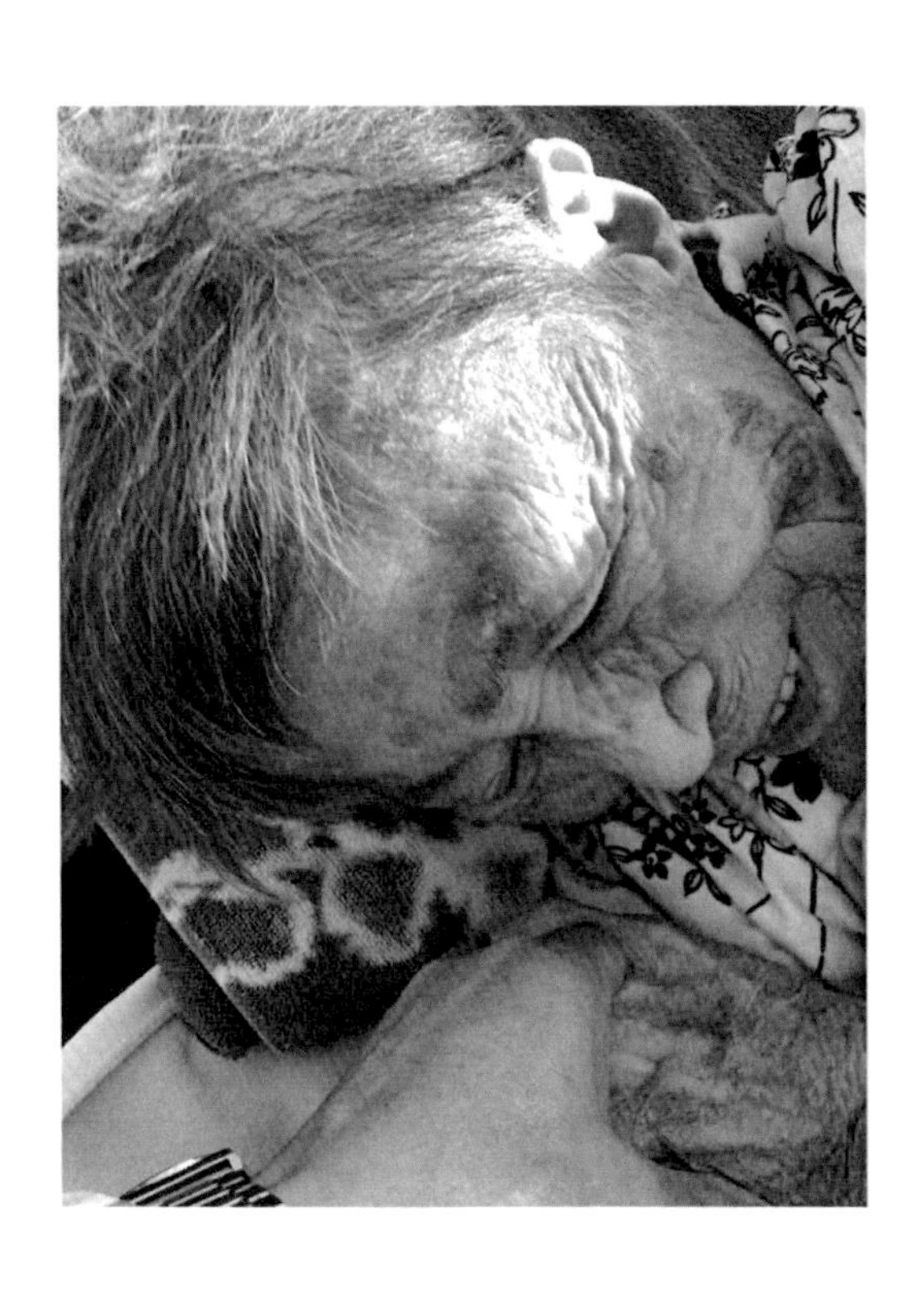

今は亡き　母のための願文

人類の歴史において
比類なき慈悲の人である釈迦牟尼を
讃え帰依いたします
母　保子は最後の一息まで
母なるものとして
子なるものの為に
血肉を削り　南無観世音菩薩を唱え
その身を捧げました
私は　このささやかな詩編をもって
母の霊を供養致します
一切の父母以前の有情無情とともに
母の霊が仏の慈悲によって
密厳仏国土にて成仏されますよう
祈念いたします

２０２３年２月１８日

はじめに

毎年、「母の日」が近づくと街では様々なギフトで溢れ、商品化された「母の日」のイメージが手を替え品を替え飾られる。これは「聖バレンタインデー」と同様、日本特有の現象であろう。それはともかく、「母の日」は世界中にあり、国によって、或いは文化・宗教の違いによって、その記念日も祝い方も異なっている。

日本では「母の日」は毎年5月の第2日曜日とされ、そのシンボルであるカーネーション等の花を贈ったりするので、アメリカ合衆国からの由来であろう。合衆国の「母の日」の起源は、アンナ・ジャービス（1864-1948年）の亡き母への強い想いによってインスピレーションされ、それに共鳴した人々によって「すべての母親と母性」の大切さへの運動の高まりとなり、合衆国によって1914年5月の第2日曜日を「母の日」として定められることになったのである。

母アン・ジャービス（1832-1905年）は母親と子を支援する「母の日運動」の創始者として、また南北戦争において敵味方問わず負傷した兵士を支援看護した社会運動家としても知られる。終生、母子の絆は強く娘アンナも母の生き方に強く影響を受けた。母の死後も母への想いは強く、アンナの心から消え去る事はなかった。その追悼のヴィジョンが「母の日」となって実現したのである。

誰もが、ある女性のお腹を痛めて生まれてきた。これは人間という存在の実質的な起源であり根源である。アンナの場合に限らず、子にとって母は終生とても大きな絆で繋がっており、その絆が強ければ強い程、母の死は耐え難い悲嘆と喪失感を強いるものである。また、今は亡き母への感謝と追悼、仏教的には供養を表現するのは極めて自然な感情の発露である。それは必然的に、誰にでも母との絆の再生と変容へと向おうとする。いつまでも母は、その子のなかで生きようとし、子もまた、それを心から願うのである。

本詩集はそのようなヴィジョンをモチーフとして、書き留められたものである。それは著者自身の「母の日のためのレクイエム」であり、生前の母の日々を想って描かれ心象スケッチである。

本詩集をたまたま手にとられ、34編中の1編から、或いは1行1言からでもあなた自身の母のインスピレーションを生むきっかけとなり、あなたの「母の日」を描く機会になって頂ければ幸いである。

母の日のためのレクイエム

目次

はじめに

「母の死」断想

「母の死は、非常に私の心にこたへた。それに比べると、戦争といふ大事件は、言はば、私の肉体を右往左往させただけで、私の精神を少しも動かさなかつた様に思ふ。（略）戦後、初めて発表した「モオツアルト」も、戦争中南京で書き出したものである。それを本にした時、「母上の霊に捧ぐ」と書いたのも、極く自然な 真面目な気持ちからであった。私は、自分の悲しみだけを 大事にしてゐたから、戦後のジャーナリズムの中心問題には、何の関心も持たなかつた。」

（小林秀雄『感想』新潮社、１９５８年）

小林秀雄氏の「モオツアルト」論では、モオツアルトの主調底音を「悲しみは疾走する。涙は追いつけない」と表現し、アンリ・ゲオン（１８７５年―１９４４年、フランスの劇作家）の言葉「疾走する悲しみ」を小林流に翻訳したものである。氏の「母の死」は「モオツアルト」論のような文学的な「私」を襲った思索体験ではないけれど、氏の『様々なる意匠』から『本居宣長』の「無私の精神」に到る批評方法の変遷過程で「私」を根底から揺るがす実質的な体験であったに違いない。

母なるひとの眼差し

まぁ　かわいい
　皺くちゃの　顔が
　　ぱっと　輝いた
生れたばかりの　子を
　　見つめる
母なるひとの　眼差しが
　　顕われた
キラキラした　瞳は
　　写真を　見つめ
満面に　笑みを　湛えて
かわいいなぁ　かわいいなぁ
　　つぶやきながら

しみだらけの　皮膚のたれさがった
腕を伸ばし
骨で尖った　指先で
幼子の　ほっぺを
そっと　触れていた
わたしが　寝たきりの
母の顔に　近づけると
あなたは　どなたでしたか
恥ずかしそうに　微笑んだ
あなたは　何もかも
わかっていた
わたしが　誰であったか
誰でないかも
この世で　はじめて
あなたに　出会った　時の

眼差しが
一瞬　交わった
母になった　時の
溢れんばかりの
歓びが
幼子に　囁いている
わたしは　はじめて
巡り会った　あなたに
触れられている
今は　もう
あなたの　眼差しは
最後の　一息とともに
閉じられてしまった
わたしの　手のひらに
もろく　いだかれた

もはや　誰のでもない
白い　骨片を　残して

薔薇の眼差し

まぁ　きれい
　初夏の
　　庭に　咲いた
深紅の　薔薇の　写真を
　寝たきりの　あなたに
　　見せたら
キラキラ　目を　輝かせて
　微笑んだ
もう　誰も
　見てくれないのに
　こんなに　一生懸命に
　　咲いて

かわいそうね
あなたは　悲しそうに
呟いた
再び　薔薇の　季節が巡り
あなたの　写真のまえに
雨上がりの
庭に　咲き匂う
薔薇を　花瓶に生ける
お母さん
あなたの　大好きな
ブラックティ（注1）ですよ
まぁ　きれい
あなたの　慈しみに
セピア色に目覚めた
花芯が

夜明けの　光を浴びて
まばゆく
寄り添っている

【注1】

１９７３年、岡本勘治郎氏作出。ハイブリッドティの系統で、典型的な半剣弁平咲きの、独特な深みのある花芯の香りとアンティークな色調の濃茶から赤色の花びらは他の薔薇にはない神秘的な存在感がある。

閉じられた瞼の奥に

眩しい　日差しが
　あなたの　瞼に
　　　留まっている
瞼の裏の　深い　森の奥に
　あなたのいのちは
　　　留まっている
あなたは　夕陽の　残照を
　　惜しむように
　　　瞼を　ひらき
しみと　皺で　一杯の顔を
　緩めて　微笑み返し
　　　目をそらす

夕暮れの　雲が
　窓の　裂け目から
遥かな　遠い昔へ
　流れていく
あなたの　瞼に
　一雫の　涙を　残して
わたしは　瞼を　閉じたまま
　手のひらに　真っ白な
もはや　誰のでもない　骨片を
　握りしめている
あなたの　たましいの　在処を
　捉えようとして
　あなたの　描いた
深い　緑の樹々の　奥を
　カラスアゲハが

軽やかに　舞っている
あなたは　葉叢を
揺らして
描かれなかった　余白のなかに
息づいている

母のいる風景

あなたが　描いた
　可憐な　すみれが
　　ほのかな　青紫色に
　　　微笑んでいる
初夏の　日差しを受け
たった　今　咲いた
　純白の　クチナシの
　　匂いのなかに
あなたは　香っている
　夜明けの　雫に光る
　　薄紅色の　カサブランカの
　　　眼差しのなかに

あなたは　目覚めている
いつもの　イスに　座って
　引き出しから
　　絵具や　パステルをだして
描きかけた　スケッチの
　　余白に
あなたの　息づかいがする
あなたは　洋簞笥の中の
丁寧に　折り畳まれた
お気に入りの
　スカーフを　とりだしている
アズールブルーの　磨かれた
靴や　鞄の中から
　過ぎ去った　旅の想いが
軽やかな　足音になって

近づいてくる
もう　あなたを　映すはずのない
鏡のなかに
笑顔を　残して
わたしも　また
あなたの　部屋にいる
あなたが　去った日から
鮮やかに　顕われる
夢のなかに
まだ　出会ったことのない
風景に　手をひかれて
時のない　時を　歩いている
未だ　描かれていない
余白のなかに
あなたは　描いている

あなたになろうとする　風景を
わたしであろうとするものを
　見つめて
あなたは　描いている

ニルバーナの舞う風景

あなたは
　この世の　抜け殻を
　　残して
たましいの　風景のなかに
　　飛び立っていった
清らかな　せせらぎを　慕って
　ホタルが　舞っている
　　明滅する　青い光のなかに
あなたの　姿が　揺らめいている
あなたは　いのちの　炎を滅して
　透明な　青い
ニルバーナ（注2）のなかにいる

水辺に　揺らめく
　月影のなかに
漆黒に　流れる
　雲の　面影のなかに
夜明けに　涙する　葉叢の
　銀色の　雫のなかに
盆供養の　別れに
また　会いましょうね
あなたが　わたしであるような
　場所で
この世と　あの世の
新緑と　純白の　葉が（注3）
　同時に　舞い落ちて
見えるものと　見えないものが
　重なりあう　場所で

【注2】

大乗仏教ではニルバーナ（涅槃）は涅槃寂静と表現するように、「三毒（貪・瞋・癡）」を滅し去った心の状態のことであり、修行者の究極の目標である。

一方、在家に於いても心が清浄な安らぎを得ている境地を得る事が出来る（『ダンマパダ』中村元訳注）。総じて、仏陀の説いた肉体的な「生老病死」という四苦の輪廻からの脱出である。仏陀は二度涅槃に達したとされる。1つは菩提樹の下で悟りを得た時、2つ目は肉体的に開放された時（入滅・化縁完了：衆生済度を成し遂げ横になった仏陀の涅槃像）である。

【注3】

新緑の葉と見えない白い葉のように、前者は「この世」、後者は「あの世」で呼びかけあいながら共時的に舞い落ちる葉である。見えるものと見えないものが重なる刹那と一致。いのちの宇宙で「あの世の木」と「この世の樹」がお互いに同時に応答しあって震え、お互いの葉を散らしては重なり手を繋ぐ。

一枚の葉を拾い上げる、それは二枚のいのちの葉である。一即二即一、或いは一即多即一。「この世のもの」は「あの世のもの」を映し、「あの世のもの」は「この世のもの」を映す。しかし、この世の住人である我々には一枚の葉としか見えない。ある晴れた日、一枚の葉が舞い落ちて行く。目を閉じると、沢山のたましいの葉が空を舞っている。

いのちの面会

あなたが　ＥＲ(注４)で
　人工呼吸器から　離脱した時
　か細い　絹糸の様な　睫毛の奥から
　　わたしを　じっと　見つめ
鰍だらけの　しみだらけの　顔の
　血の気の無い　唇から
あなたが　わたしの　子で
　　本当に　よかったわ　と
　　　　　呟いた
あなたが　美しく　健康に
　　満ち溢れていた時
幼い　わたしを　じっと　見つめ

囁いた
あなたが　生まれた　時から
やり直したいわ
もう一度　と
長い　年月が　過ぎた　今
耳元に　聞こえて来た
あなたは　寝たきりになり
何も　食べることもできず
輸液カテ（注５）に　つながれたまま
骨と皮だけになって
もう　２年になる
わたしが　会いにいくと
お帰りなさいと　満面に
笑みを　湛えている
幾度　この笑みに

抱きとめられただろう
はるかな　旅の　途上で
あなたが　わたしの　母で
本当に　よかった　と
何度　反芻してきただろう
今は　差し出した手を
しっかり　握りしめて
どなたでしたか
はにかみながら
一層　強く　握りしめている
わたしが　幼い頃　夜道で
あなたの　手を
一層　強く　握りしめた
時のように

【注4】

ＥＲ：エマージェンシー・ルーム（救急救命室）

【注5】

輸液カテ：この場合は中心静脈用カテーテル

夢の道で

穏やかな　風の道を
　葉叢の影が
幾重にも　触れ合い
晩秋の　調べを
　奏でている
あなたと　歩いた
　野の道で　立ち止まり
　手をあわせ　眼をとじる
ほの暗い　竹藪が　擦れ合い
　ざわめきたつ
　木漏れ日の　跡を
あなたは　遣ってくる

あなたの　息が　弾んでいる
わたしは　あなたのいる
風景に　出会っている
夢の道で
いつもの　あなたと
出会っている
真夜中に　目覚めては
途方にくれている
いつもの　道を　たどれば
わたしは　目覚めます　あなたに　応えて
こころの　窓を　開けてごらんなさい
あなたの　真っ白な　余白のなかに
わたしは　顕われます

「私の誕生」断想

「　出生や　嵐の夜の　明けそむる
　　黎明と共に　生を享けた子　明るく生き生きと育っておくれ
　　　　　　　　１９５１年10月14日　夜明け　保子

たけし（次男）ちゃんの悲しみを再び味わぬ様、妊娠と同時に注意していたが今度も予定より一ヶ月早い出産、亦今度もかと頭の中は苦しさより悲しさで一杯だったが、生まれた子は前より身体も大きく大丈夫そうだったのでほっとした。」『母の日記』

私は、この世に顕われた時の母の日記をずっと反芻してきた。そして、現在の私をこう考えるようになった。次男が２歳で他界しなかったら、私はこの世に生まれてこなかったに違いない、と。つまり私がこの世に生を受けたという事実は同時に生まれてこなかった事もあり得たという事だ。そして、死が生に絶えず切迫しているという「死への存在、死への時熟」とは別の仕方で、「今、ここ」にいなかったかもしれないという「未生の可能態、生への時熟」が、誕生した瞬間から現在まで付着していて、「私の現在」に絶えずつきまとっているのである。

さらには、私が生まれて来たという事実の中に、生まれて来なかった者がいる。私が生まれたという出来事の背後には、語る事ができない父母未生以前（ぶもみしょういぜん）（注６）（『正法眼蔵』道元）の宇宙（「私」の誕生以前の宇宙）が控えており、私が「今、ここ」で生きている事のなかに、まるでブラックホールのように「生死」の裂け目が隠され続けている。しかし、これこそが「宇宙の誕生」と共時的に同調している「私という存在」の始まりという驚愕の奇蹟ではないだろうか。

【注６】

「自己とは、父母未生以前の鼻孔なり。鼻孔あやまりて自己の手裏にあるを、尽十方界といふ」（『正法眼蔵』「十方」）。父母が生まれる前の自己は鼻孔である。想像を逞しくして、五蘊、即ち色受想行識からなる自分というものから、鼻でも口でも耳でも、未だばらばらの闇の中の状態であって、さらに遡り、それは五大、即ち地水火風空から未だ何も生成していない状態に想いを馳せる。

名づけられた出会い

わたしの名は
　あなたが　名づけたもの
ジェーン台風の　夜明けを
明るく　生きて欲しいの
わたしは　あなたの　願いを
一杯に　吸い込んで
　この世に　招かれた
生まれないこともできた
　父母未生以前の背景へ
　流れることもできた
でも　いのちは　生きようとする
　今を　択んだ

生死もない　時のなかで
あなたの　呼びかけなくして
　一瞬も
　　生きていなかった
あなたは　捨て身で
　わたしを　引き寄せた
　　吹き飛ばされそうな
　　　あぶくのように
　　　　はかない　いのちは
あなたに　しがみついた
　生もうとするものと
　　生まれようとするものの
たった　一つの心が　誕生した
　見つめるものと
　　見つめられるものは

重なりあい
一条の光に　目覚めた
あなたは　血の　最後の　一滴まで
わたしに　与えることを
択んだ時
子なるものの　へその緒が
切断されて
あなたは　母に　なった
あなたと　わたしは
はるか　億光年の　空白のなかで
ただ　一度の　縁（えにし）で　巡り会い
すでに　別れは　告げられていた
あなたは　最後の　一息とともに
夜明けの　消息のなかへ
帰っていった

わたしが　生まれた　場所を
　跡形もなく　消し去って
もう　あなたは
過去も　未来も　現在すら
　　生まれない
空白の　時のなかにいる
その場所も　時もない　亀裂から
　何が　生まれるというのだろうか
　　逝ってしまった　母の物語か
それとも　残された　子の物語か
　母と子の　名づけようもない
　　裂け目から　にじみ出る
　　　血の涙　以外には

母なるひとよ　あなたは誰だったの

ああ　母なるひとよ
あなたは　誰だったの
いつも　呼びかけるひとよ
生むものと
　　　　生まれるものの
　　時が
一つの　場所に　とけあって
　いのちを　育んでいる
母になるために
　　　子になるために
一つだった　いのちは
　血肉を　引き裂かれ

最初の　一息と
　最後の　一息の　間に
　　投げ出される
封印された　生死の
　裂け目を　隠したまま
ああ　母なるひとよ
あなたが　今　この世界に
　見つけられないことが
わたしには　とても　辛いのに
あなたの　こころは　いつか
また　巡り会う　約束のように
いつも　間近に　息づいている
どこでもない　どこかに
いつでもない　いつかに
いつも　どこにいても

あなたを　呼びかける

葬儀は　簡単にすませ
わたしの死後は　リストした人に
知らせて下さい
毎年　先祖の供養を
忘れないように

あなたの声は
はっきりと　届くのに
あなたの　最後の　一息が
わたしの　最初の　一息となる
あなたの　行方を　さがしている

虚しく　時を過ごさず
道に　迷わず
あなたの　人生を全うして下さい

巡りあう　故郷へ

記憶の　途絶えるところに
　あなたの　こころの　行方を
　　　　辿ろうとする
明るい方へ
　　陽がのぼる
　　　稜線の　かなたに
やさしい　息づかいにみちた
　　　故郷[注7]がある
いつも　隔てられた
　　　風景の　記憶のなかに
　あなたはいた
わたしに　生きる　息ぶきを

与え続けた
　あの眼差しに
もう　出会うことはない
あなたの　声は　聞かれることなく
　姿は　見られることなく
　生死の　裂け目のなかに
　　隠れてしまった
けれども　別れは　あなたとの
　こころの　結び目を
　　一層　明らかにする
映しあう　風景の在処を
こころのなかに　見つめている
あなたは　知り抜いていた
　出会いも　別れも
　祝福されていることを

夢の道を　辿って
　また　会いましょうね
お互いの　身もこころも
　取り去った　場所で
あなたが　わたしであるような
風で　飛ばされた　一対の葉が
　舞い落ちて
　同時に　重なるような
　約束された　地で

【注7】

私にとって故郷を想うとは、母において描かれた観音像に遥拝することのような気がしている。その顕われる観音像は、母に於いて生まれ、母の他界に於いて完成した像であって、私の心のなかにいつまでも生きているのである。

曼荼羅の風景

悲嘆の底から
　目覚め
　　変容するものたちは
一瞬の　光が　映す
　　曼荼羅（注8）の風景です
あなたと　旅した
　　ひと時を
　こころに　描いている
　水面（みなも）に　映った　月は
　　おのれの　光を
　　水底（みなそこ）に　沈めます
こころの　奥底で

　月影が　揺らめいている
この世の底で
たましいが　ホタルになって
　明滅している
あなたの　面影が
今はない　井戸の　水底から
　顕われる
笑顔が　揺らいでいる
あ　あそこに　お星様が
　泳いでいる
あなたは　キラキラ
光の　破片となって
　異界の　底に
　　隠れてしまいました
たとえ一秒でも　一分でも

この世に　与えられた
　光の瞬きが
あなたの　いのちでした
今は　あなたは　死者の　風景となって
　わたしを　抱きとめてくれる
もう　触れられない　眼差しに
　　生かされている
わたしも　この世を　去る時
　曼荼羅模様の　一瞬の
　光の　彩になって
　　変容していくでしょう
慈悲の光が　描く
あなたのいる　風景のなかに
　戻っていくでしょう

【注8】

曼荼羅・mandala という用語、コンセプトあるいはイコンは密教から人文科学（ユング）、生命科学まで使われるが、源流は空海密教の曼荼羅（『秘密曼陀羅十住心論』）にある。曼荼羅では衆生（人間）のこころの変容を十段階の進化として描いている。その曼荼羅宇宙の中心には大日如来が控えている。大日如来は広大な慈悲によって、如来蔵（仏性）を宿す衆生（「一切衆生悉有仏性」『涅槃経』または『如来蔵経』）の心身に働き、如来に近づくように進化変容させると考えられる。

この文脈は生命の進化の仕組みに組み換える事ができる。そのコンセプトが「生命誌曼荼羅」（中村桂子）「系統樹マンダラ（family tree mandala）」（長谷川政美）である。

中村氏は中心に受精卵とゲノムを置く。一方、長谷川氏は空海の曼荼羅宇宙のコンセプトに最も近い。特定の遺伝子配列を基に数理統計的な処理を施して描かれた曼荼羅像である。一つの共通祖先を描かれない「いのち」の根源として中心に配置する。あらゆる可能性をもつ「いのち」、それは決して描く事が出来ない大日如来の「いのちの宇宙」（Living Universe）を想像してしまう。そのいのちは常に活性化され「生きた空白」のように絶えず変容し続けているようである。人類と言う種もいつか滅び、そこから別の種が変容してくるのであろう。

「我が四恩」断想

「六大の遍するところ（いのちの宇宙）、五智の含するところ（仏）、虚を排い（空をはばたくいきもの、鳥たち）、地に沈み（地にもぐっているいきもの、虫たち）、水を流し（水の中のいきもの、魚たち）、林に遊ぶもの（森林にすむいきもの、人間も含むほ乳類）、すべてこれ我が四恩なり。同じく共に一覚（一つとなって悟る）に入らん」（空海『性霊集』「高野山万灯会願文」）

歴史的に最初の空海の研究者であった天台学僧安然（８４１年―９０１年）は、有名になり過ぎた「草木国土悉皆成仏」の言葉を残した（『斟定草木成仏私記』）。この仏教観と空海の自然観とは繋がりがあるようで、その両者の仏教的自然観には断絶があるように思われる。

安然は智顗（５３８年―５９７年）の流れをくむ「非情成仏論」を基に、『中陰経』の語句を巧みに組み込んだのである（白土わか・末木文美士らの指摘）。しかし、このフレーズの背景には老荘的道教的な神仙思想、即ち自然と一体となる隠者的な自然観の匂いがする。そうでなければ、そのフレーズの後には、「菩提心を因と為し、悲を根本と為し、方便を究竟と為す」（『大日経』）が続かなければならない。だから、空海の四恩は中途半端なエコロジイとか共生思想とかいうものとは無縁のもののような気がしてくる。

六大で始まる部分（『即身成仏義』の頌（じゅ）にもある）はすべてのいのちを大日如来に向けられた希求（廻向）であり、前掲の空海の願文のなかに「虚空尽き、衆生尽きなば、涅槃尽き、我が願いも尽きなん」（読みは竹内信夫氏による）という自らが涅槃に達しても（即身成仏）、最後まで衆生とともにあることの誓願が前文として控えている。ここにはブッダを我が師と仰いだ青年時代の空海（『三教指帰』）からボーディサットヴァ（菩薩）として命運の全てをブッダに預けた信、即ち大乗仏教の原点である衆生への救済の希求（誓願）が込められている感じがする（「衆生無辺誓願度」）。

我が四恩の風景

ブッダはいる
　諸行無常と　諸法無我の
　　菩提樹の下に
　　　生死を　滅した
ニルバーナの　青い　炎のなかに
アーナンダの　自灯明（注9）のなかに
弟子たちの　ダルマ（注10）となって
我が　祖霊達はいる
　野の道で　出会う
　　風雨に摩耗した
　　　道祖神の　微笑みのなかに
赤い羽織をまとった

　　地蔵の　温もりのなかに
社の　手水舎(てみずや)の
　浄められた　一椀の
　　揺らめきのなかに
真如(注11)は　顕われる
　幸いを　告げる　流氷の
　波の　行く手に
苦海浄土(注12)に　燃える
　　漁り火に
青白く　明滅する
　海上の　星たちの　道に
草木　虫魚　禽獣　国土の
曼荼羅(注8)のなかに
　あまねく　如来蔵は宿る
母なるものの　いのちは

慈悲のこころに　目覚め
あまねく　浄土に　変容する
母はいる
　大切に育てた
　純白の　クチナシの　花芯の
　　香りとなって
枝先の　鮮やかな　緑の蕾に
　先立った　子どもたちがいる
　　いつか　花開く日を
　　　焦がれている

父はいる
　日陰の　目立たない
　　節くれ立った　幹の奥に
　　　一生懸命に　支える
　　　　根の　息づきのなかに

叔母はいる　新緑の　まばゆい
　木漏れ日の　微笑みとなって
一瞬の　走馬灯の
　　　揺らめきに
　在りし日を　映しあっている
まるで　死者たちの　記念写真のように
　お互いを　照らしあい
　　寄り添っている
わたしも　また
　その息づきのなかにいる
　切ない　一瞬の　交感に
　　震えている
生きながら　他界のなかに
　　待ちわびて
死にながら　生かされている

【注9】

「アーナンダ（ブッダの最愛の弟子）よ、このようにして、比丘は自らを灯明とし、自らをより処として、他のものをより処とせず、法を灯明とし、法をより処として、他のものをより処とせずにいるのである」（『ブッダ最後の旅』中村元編・訳）。この自灯明は、有名になりすぎた「犀の角ように一人歩め」（『ブッダのことば―スッタニパータ』中村 元 訳）と表現されることばに対応する。

【注10】

ブッダが説いた正しい道・真理・法の意味であるが、ダルマは語り得ぬもの（無記、沈黙）であり、方便（ブッダは語り得ぬものを語る為の方便の達人のである）でしか説く事ができない。ただ慈悲によってのみ衆生に40年間説き続けたのである（衆生済度）。

【注11】

自灯明、ダルマ、法、如来は同義とみる。生きている宇宙（Living Universe）、宇宙は生きている、いのちの宇宙、宇宙のいのちと言い換えた方が切実に実感出来る。

【注12】

石牟礼道子氏が『苦海浄土―わが水俣病』に記すように、患者は水俣病という苦海の中へ放り込まれた如来である。

「死者からのでんわ」断想

２０１１年３月11日以降、イーハトーヴでは草木や虫魚や鳥や動物たち、それに人間たちが、亡くなった存在に、もう二度と会えないいきものたちに、愛するものたちに向かって、その想いを「風の電話」に話しかけてきました。その話しかけてきたものたちが亡くなっても想いは途切れることなく幾歳月が流れ、たくさんの季節が去っていきました。

ある日の夜のこと、電話をおいた本人である、くまのおじいさんの耳に「リーン　リーン　リーン」と電話機のベルが山のてんぺんから聞こえてきたのです。外は静かに雪が降りはじめています。そんなはずがない、あの電話には電話線がないんだ。「まさか、まさか」。おじいさんは山のてっぺんにたどり着きました。でもやっぱり赤い電話が鳴っているのです。おじいさんが受話器を取ると、その雪がぴたりと止み、澄み切った空にはたくさんの星が瞬きはじめました。それはまるで「でんわ　ありがとう……　でんわ　ありがとう……」と囁いているようでした。

（いもとようこ『かぜのでんわ』２０１４年からの変奏）

あなたはそんなにも会いたがっていた

ヨイショ　ヨイショ
　あなたの声が　階段から
　のぼってくる
わたしは　慌てて　見にいく
あなたは　踊り場から
顔を出して
フウフウ　息を　吐きながら
　階段の　踏み台に
　手をかけ　這って
　のぼろうとしている
また　腰を痛めて　今度は
寝たきりになってしまうよ

わたしは　叱りつける
　あなたは　悲しそうな
　泣き出しそうな　顔をする
　さあ　ゆっくりと　降りて
　ちゃんと　手すりに　つかまって
　支えているからね
　下で　お茶を　用意したんだよ
　一緒に　飲もうと
　呼びにきたんだよ
　わたしは　気づかなかった
　こんな　狭い　家に
　一緒に　いるのに
　そんなにも
　わたしの顔を　見たかった
　あなたは　そんなにも

一緒に　いたかった
一メートルでも　そばにいて
一分でも　一秒でも
一緒に　いたかった
あなたは　わかっていた
もう　歩けなくなることを
しばらくして
あなたは　施設に入った
もう　帰るのかい　寂しいなぁ
手を　握っておくれ
見送れないから
わたしが　部屋を出ても
上半身を　やっと　起こして
ベットに　正座して
いつまでも　じっと

お辞儀をしていた
もう　いいから　いいから
横になって　楽にしてね
また　会いに　来るからね
おまえの顔を　憶えておきたいんだよ
あの世でも　忘れんようになぁ
また　会えるようになぁ
ヨイショ　ヨイショ
今でも　あなたが
　階段を　のぼってくる
声だけが　耳もとに
　近づいてくる
ひょっとして
わたしは　薄暗い　階下を
　覗いてみる

一寸　耳を澄ましている
あなは　のぼってはこない
踏み台は　押し黙っている
昨日　夢の中で
電話が　かかってきた
弾んだ　声が　はっきりと　聞こえる
　階段をのぼれるよ　やっと
今どこにいるの
　そこにいるよ
　お茶を　持って来たよ
　一緒に　飲もうと思って
あなたは　写真のなかで
　晴れやかに　微笑んでいる
取り残されて　階段の底に
　うずくまっているのは

わたしなのだ
もう　身動きもできず
途方にくれているのは
わたしだったのだ

お帰りなさい

まぁ　お帰りなさい
どこから　入ってきたの
　もう　外は暗いから
カーテン　閉めてくださいな
ここまで　風の音がするねぇ
嵐かねぇ
手を　握っておくれ
まぁ　冷たいこと
寒かったでしょう
あったまってきなさい
　お風呂は　どこにあったかなぁ
　　ベットの　となりだよ

ここ　病院だよ
ああ　そうか
なんで　ここに　いるんだろう
施設から　救急車で
運ばれたんだよ
憶えてないよ
どうなっちゃったのかなぁ
おまえは　遠いところから
来てくれたんだね
ありがとうなぁ
つかれたでしょう
もう寝なさいな
ここ　病室だよ
おまえの　寝るとこないのかい
ここへ　入ってきなさいな

ここは　暖まっているからね
ぐっすり　眠りなさい
電気を消しておくれ
眩しくて

ああ　どうか　治ってください
もとの母に
戻ってください
南無観世音菩薩様
どうか　助けてください

帰りたいなぁ

帰りたいなぁ
家は　どこに　あるのかなぁ
わたしは　どこに　いるのかなぁ
　家から　ほんの　少し先の
　病院だよ
　歩いてすぐの
じゃぁ　支度しよう
出発　進行〜
痛た　たた　た
身体が　動けへん
どうなってしまったんだろう
手伝ってくれんか

今は　動けないよ
痛みは　もうじき取れるよ
痛み止めをのんだから
そしたら　帰れるよ

帰りたいなぁ
帰っても　誰もいないいなぁ
夜も　遅いし
怒られないかなぁ
誰かに　文句を　言われないかなぁ
お父さん　心配してるかなぁ
子どもが　大好きだったなぁ
それが　生き甲斐だったなぁ
お母さん　何も　言わなかったなぁ
やさしい人だったなぁ
会いたいなぁ

みんな　死んじゃったよ
空襲で　焼けてしまったなぁ
一面の　焼け野原だったなぁ
一杯　人が　下敷きになって
燃えていたよ
もう　何にも　思い出したくない
さっさと　死にたいなぁ
ぱーっと　消えてしまいたいなぁ
あなたは　先に　行っちゃいやよ
　化けて出るよ
　　ここに　ちゃんと　いるよ
帰って　もう　寝ようよ
おまえと　　もう　一度
一緒に　住みたいなぁ
もう　痛くて　痛くて

足が　動かん　立ち上がれん
手伝ってくれよ
もう一度　歩きたいんだよ
　もう　少しで　歩けるよ
　リハビリで　頑張って
頑張れって　言われたって
おまえには　わからんだろ
もう　こんな身体から　抜け出したい
お父さん　お母さん
迎えに来てくれんかなぁ
どこなのかなぁ
ここは　薄暗いなぁ
　病院だよ
　家の近くの
　朝になったら

窓から　家の方が
　見えるよ
分かっているよ　ぜーんぶ
もう　治らないんだよ
　帰れないんだよ
わたしの　家なんか　ありゃせんよ
寂しいなぁ　悲しいなぁ
もうすぐ　わたしの
葬式だねぇ
　草鞋と　編んだ衣装を
お棺の中に　入れておくれよ
竜泉寺さんのお守りも　忘れないでな
燃やされちゃうんだねぇ
灰になるんだねぇ
ちゃんと　骨を拾って

納骨しておくれよ
　戒名も　頼むよ
お別れだねぇ
観音様が
枕元に
お迎えに来てくださってるよ
南無観世音菩薩様　お願いします
手を　握っておくれ
なんて　冷たい手なの
外は　雪なのかい
　雪や　こんこん　あられや　こんこん
　雪道だねぇ　しんしん　降ってるねぇ
しっかり　手を引いておくれよ
　ちゃんと　握っているよ
　明日になれば

歩いて　帰ろうね
雪は　止んだねぇ
一面　真っ白だねぇ
もう　想い残すことはないよ
やっと　帰れるねぇ
おまえと　一緒だねぇ
南無観世音菩薩様　ありがとうございます

「仏心と仏性」断想

「全身これ一隻の正法眼なり、全身これ真実体なり、全身これ一句なり、全身これ光明なり、全身これ全心なり」（『正法眼蔵「一顆明珠」。以下の引用はすべて同書から）

「心とは山河大地なり、日月星辰なり」（「即心是仏」）

「山河みるは仏性をみるなり」（「仏性」）

「青黄赤白これ心なり。年月日時これ心なり。夢幻空花これ心なり。水沫泡焔これ心なり。春花秋月これ心なり、造次顛　これ心なり。しかあれども毀破すべからず、かかるがゆえへに諸法実相心なり、唯仏与物仏心なり」（「三界唯心」）

「おほよそ仏仏祖祖のあらゆる功徳は、ことごとくこれ説心説性なり。平常の説心説性あり、牆壁瓦礫の説心説性あり。いはゆる、心生種種法生の道理現成し、心滅種種法滅の道理現成する、しかしながら心の説なる時節なり、性の説なる時節なり」（「説心説性」）

このように「外在・外来」する心（仏心）を自分の心の中に招き入れる事で、私は生きている自然（森羅万象のいのち、或いは宇宙のいのち（living universe）と言い換えてもよい）と一体となることができる。生きている「宇宙意思（大日如来、仏心）」が五感を介して私の中へ浸透し、仏の「こころ」の中にいることを実感させる。このような感応作用は空海によれば曼荼羅イメージに於ける「入我我入」ということであろう(『理趣経開題』)。心(仏心、大日如来)の中に私があり、私の中に仏(仏性)がある。この相互浸透する「こころの感応場」において、仏と私は一体となる時、私は仏そのものとなるのである(即身成仏)。この入我我入における仏をたましい、死者と置き換えることができるだろう。仏と同様に、たましい、死者は生きているのである。

誰のでもない顔

ありがとうね
　懐かしいなぁ
　　どなた様でした
もう　どんな名前も
　忘れてしまいました
悲しそうな　顔　怒っている　顔
恨めしそうな　顔　優しい　顔
意地悪な　顔　思い遣りのある　顔
　清らかな　顔
みんな　名前のない
　顔さんだけになって
こちらを　覗いています

春一番の　嵐が　ふぶいて
　枝から　引っ剥がされた
　　たくさんの　名前が
　　　忘却の地へ
　　　　舞い落ちていきます
みんな　土色　一色の顔になって
　捜しようがありません
　　土色の　心が
　　　どんより　無明の底で
　　　　淀んでいます
目が　キラリ　ものを言います
如来の　眼
　天使の　眼　修羅の　眼　餓鬼の　眼
　象の　眼　犬の　眼　鴉の　眼
　蛇の　眼　蛙の　眼　魚の　眼

　トカゲの　眼　カマキリの　眼
いろんな　眼に　変容しては
　キラリ　顕われます
でも　いつも　変わらず
わたしを　見つめているのは
　死者の　眼差し
森羅万象が　光ったり　陰ったり
おのれの　心を　描いています
　松は　空に　緑の針を　降らし
　　竹は　土に　時の　節目を
　　　突き刺して
　　　　軋んでいます
名づけようもない
　ものたちが　ざわめき
　　喋り出します

お空は　真っ白の
静寂な　心の中なのに
みんな　何を　伝えようと
もがき　争っているのでしょう
いえ　それは　光と陰の　戯れです
わたしの　顔は　もう
　鏡に　映らなくなりました
わたしは　誰でもない　誰かさん
もう　寝たきりの　歳月です
　心の　眼が　頼りです
　家に　帰りたいなぁ
どこにあるのかなぁ
夢の　また　夢の　まぼろし
窓の　裂け目を
　お星様が　泳いでいます

古井戸の　水底に　ゆれる
　優しい　眼差し
川面（かわも）に　流れる
　懐かしい　お月様
窓ガラスを　打つ
　悲しみの　雫

みんな　同じ　背景から　遣ってきます
空や　水や　風や　光や　地の　五大（注13）の
一瞬の　曼荼羅模様
　めいめいが　おのれの姿を　描いては
　白一色の　たましいの地で
　　陰ったり　光ったり
　　変容しています
誰のでもない　見えないものの　眼差し
わたしは　もう

誰であっても　いいのです
誰でなくても　いいのです
では　あなたは　どちら様ですか

【注13】

地・水・火・風・空として宇宙のいのち、あるいはいのちの宇宙を構成する要素とする。空海の『声字実相義』では「五大にみな響きあり　十界に言語を具す　六塵ことごとく文字なり　法身はこれ実相なり」と五大を響き（音）として表現している。

触れられない心

ぽっかり　青い空が
　覗いている
あの人は　触れられない
　白い　寂寥の
砂浜に　遊んでいる
寝たきりの
あの人に　語りかけ
寄り添い　手を握りしめても
　水平線の　裂け目に　向いた
あの人の　眼差しを
　覗くことはできない
わたしを　この世に　願い

一心に　祈り
慈しみ　育てた
母なる　眼差しは
もう　誰も　見ていない
窓辺で　ざわめく　樹々は
あの人の　孤独を　真昼の
影絵のように　揺らしている
あの人の　横顔を　新緑の光が
ベットの床に　青黒く　滑り落ちる
身体の声は　途切れ　途切れに
息をしている
ヒイ　フウ　ミイ　ヨ
天井の　星々を
懐かしみ　数えている
老いた　童女は　純白の

こころの　部屋で
無心に　遊んでいる
世の中に　まみれた
わたしの手
手のなかの　泥の心を
わたしは　見つめている
この世にあって　もう　決して
届かない　あの世の心
白い砂浜で　寄り添い
波の　一色の　声を　傾聴し
青空を　看取るなんて
とても　できやしない
泥の　ポケットに
ズブズブに　突っ込んだ
手が　真っ黒な口を開いて

うそぶいている

あなたより先に逝った子どもたち

たれ込める　暗雲から
一瞬　青空が覗き
あなたは
うっすら　目をあける
透き通った　笑みの
奥から　ことばを
やっと　押し出す
ありがとうなぁ
ちゃんと　見送っておくれよ
兄達は　あなたに
死顔も　残さないで
去っていった

あの子達は
冥界を　彷徨っているよ
会いたいなぁ
辛いなぁ　苦しいなぁ
お骨も　苦海の　底だよ
お腹を　痛めた　子達が
見つからないんだよ
会いたいなぁ
捜しようがないよ
悲しいなぁ　辛いなぁ

まぶたの　奥に
なんと　たくさんの
悲嘆が　隠されているのだろう
やっと　灯(とも)っている
なんと　たくさんの　想いが

燃え尽きていくのだろう
やっと　やすらかになれる
おまえは　しっかりと
手を　握りしめてくれる
　温かいなぁ
もう手に　力もはいらないよ
髪の毛を　撫でてくれる
　気持ちいいなぁ
さよならだねぇ
今度は　おまえのなかで
　生まれかわれるねぇ
観音様は
　施無畏尊者と言うんだよ
　おまえを　みごもった時
願いを　かなえてくれたよ

あなたは　群青の　彼岸の　海から
わたしのもとへ
スイスイ　泳いでくる
そうに決まってる
ほかに　ありようがない
まぁ　泣かないでおくれよ
おまえは　子どものままだねぇ
たのしみねぇ
また　会えるねぇ
閉じられてしまった　瞼の奥で
あなたが　手を振っている笑顔が見える
あなたが　描きたかった
こころの　風景が　息づいている
ただ　見えないだけの
あなたの　心の在処に

母になろうとして　母になった
子の幸いのために　母であった
いつまでも　母でありつづけようとしている
子のこころの中に　生きようとしている
あなたとの　別れの　はじまりの
　祈りの　祝福の　場所が
　　いつまでも
密かに　息づいている

夜回りの足音

夜回りの　足音に
　目を　覚ます
どこか　遠い
　旅の宿に　いる
　　馴染みのない　家具の影
　　冷たく　押し付ける
　　天井の　輪郭
ここは　わたしの　部屋じゃない
　施設にいる　もう　何年も
涙が　込み上げてくる
　長く　生き過ぎたのね
友達も　みんな

　逝ってしまったねぇ
もう　みんなとは
　会えないんだねぇ
妹と　話したいなぁ
もう　随分だねぇ
早く　逝ってしまったなぁ
ごめんな　ろくに
話し相手にも　なれなくて
40年も　連れ添った
優しい　あの人の　顔も
思い出せない
　父と母の　顔
かわいがってくれたなあ
どうしてるかなぁ
　もうとっくに　逝ってしまったねぇ

今は　もう　あの子だけが　　頼りだ
明日　来てくれるかなぁ
どこか　遠い街からやってくる
もう　少し　一緒に
　いたかったねぇ
もう　時間が　ないねぇ
　悲しいねぇ　寂しいねぇ
もう一度
　自分の足を　ヨイショと
　床につけて　歩きたいなぁ
　　　どうか　されましたか
　　ベルが　鳴りましたが
　　まあ　ベットから
　　足を　突き出して
トイレに　連れてってくれないかねぇ

もう　ずっと　足を伸ばして
待っているんだよ

補陀落の海へ

あなたは
　此岸の　岸辺に
　　白く　砕かれた　骸を残して
　　骨も　皮も　脱ぎ捨て
群青の　補陀落（注14）の
　海を　泳いでいる
もう　褥瘡（じょくそう）（注15）を　ふせぐために
　時間毎に　動かされる
　　激痛の　叫びもなく
　　こわばって　動かない
　　身体を　一杯の
　クッションで　支えることもなく

無意識に　剥ぎ取った
　酸素吸入器の　必要もなく
やせ細った　内腿の　血管に
差し込まれた　ＩＶＨ（注16）カテーテルを
引きちぎる事も無く
母の　母なる　如来の海に
目覚め　軽やかに　泳いでいる
尿ドレーン（注17）につながれず
　オムツを　汚すことなく
ニルバーナの　水蓮の花芯に
遊んでいる
母の　母なる　慈悲が
あなたの　生死を　滅し
　包み込んでいる
あなたは

身も　心も　脱落した
真っ白な　たましいになって
泳いでいる

【注14】

日本人に信じられた海の果てにある浄土のことであり、観音菩薩の降臨する霊場、或いは観音菩薩の降り立つとされる山を指す。

【注15】

寝たきりになると、体重によりベットに接した皮下組織を持続的に圧迫し続け、血流が滞ることでうっ血し壊死を来す。それを防ぐ為に時間毎に体位を動かす必要がある。

【注16】

Intravenous Hyperalimentation の略で中心静脈栄養法は、食事が口から摂れない患者の体力低下を防ぐ重要な治療法であるが、回復困難な寝たきりの老人の場合では一時的な延命治療である。

【注17】

尿管にチューブ型のドレーンを挿入設営し、尿を排出（ドレナージ）させる。寝たきりの場合では尿量、尿質の変化を管理するため、或いは尿路感染を防ぐ為に用いられる。

石が羽ばたく日

ありがとうねぇ
　ほんとうに　助かります
あなたが　よいしょ　してくれないと
　ころがりもしません
指先も　腕も　背中も　首も
　　頭の天辺から　足の先まで
痺れてしまって
石に　羽がはえたらねぇ
　でも　痛い　痛いです
目だけは　スイスイ
　泳いでいますよ
　　朝日を　浴びて

目覚めると
桜の　花びらになって
ヒラヒラ　舞っています
そよ風さんと　手をつないで
土筆ん坊の　土手を
駈け抜けていきます
まってよ
そんなに　はやく　飛ばないで
蓮華さん　タンポポさん
スミレさんが
声を　かけてくれます
こっちへ　来なさいな
菜の花畑で　モンシロチョウさんと
　遊びましょう
ええ　ええ　春になったら

お花見に　いきましょうね
もうじきですよ
スイスイ　車いすに　乗って
一杯の　桜の花を
見にいきましょうね
今は　痛い　痛いだけど
じきに　よくなりますよ
わかっています
もう　あそこに　行けないことは
夕暮れの　公園で
あなたは　いつも
　待っててくれましたね
まあ　また　抜け出してきたのね
手をつないで　帰りましょうね
夕陽と　げんまして

あの野の道を　赤とんぼさんの
後を追ってね
夕焼けさん　小焼けさん
みんな　一緒に
さあ　手をつないでね
あなたは　手をしっかりと
握ってくれてますね
さあ　お風呂の時間ですよ
ああ　気持ちいい
産湯で　洗ってくれて
あなたは　とても　よくしてくれますね
ほんとうに　ありがとうねぇ
ああ　今日こそ　相応しい日です
あの青空を　昇っていく
ヒバリさんに　頼みました

石のこころに　入ってきてくれます
わたしは　飛び立ちます
ええ　ええ
また　あした　頑張りましょうね
おやすみなさいね
何か　あったら　ベル　押してね
しっかり　握ったまま
眠ってね

ああ　今夜　夜鷹さんになって
キシキシ　羽ばたきます
あしたの　今頃は　天の川で
スイスイ　泳いでいます
もう　あしたには
会えないんですよ
もうベルを押さなくてもいいんですよ

さよならだねぇ
わたしの　ナイチンゲール（注18）さん

【注18】

フローレンス・ナイチンゲール（Florence Nightingale、１８２０年－１９１０年）は、イギリスのイギリス出身の看護婦としてあまりにも有名であるが、社会起業家、統計学者、看護教育学者、近代医療統計学および看護統計学の始祖ならびに近代看護教育の母とされる。クリミヤ戦争の最中の野戦病院で、負傷兵の容態を一人一人夜中までランプで照らしながら見回ったので、畏敬すべき「ランプの貴婦人」と呼ばれたが、その偉大な業績はあまり知られていない。

あなたはそんなに孤独だった

初夏の　風が
　窓辺の　カーテンを　開け放ち
　　白く　眩しい　風景が
　　　入ってくる
どこで　死ぬのかしら
この施設なの　ここなのかい
　　　　　　　　私は　黙っている
涙ながらに　突然
あなたは　そんなことを言う
家に　帰りたい
あそこで　死にたいんだよ
　幼なじみが　一杯　いたなぁ

みんな　死んじゃったのかねぇ
長く　生き過ぎたねぇ
高校生のとき　毎日
線路の上を　歩いて　帰ったなぁ
あそこは　空襲で　燃えてしまったからねぇ
わたしの家は　どこに　あるのかねぇ
　　　　　　　私は　黙ったままでいる
あの家は　あのままなのかい
もう一度　住みたいなぁ
一人じゃ　何も出来ないし
誰かが　一緒に　住んでくれたらねぇ
　　　　　　　私は　聞き流している
こんな　身体ではねぇ
　でも　ここは　わたしの家じゃない
　　死ぬだけの　場所

死ぬのは　怖くないけど
　寂しいわねぇ
でも　ここしかないんだねぇ
あなたは　涙ぐむ

　　　　　私は　目を閉じ　こらえている

お父さんも　お母さんも
　時々　窓辺に　顕われるなぁ
　じっと　みているなぁ
帰り際に　施設長に　声をかける
ここで　亡くなるかたはみえるのですか
珍しくありませんよ
看取りに　来ない方も　多いですよ
母の　隣の　半ば　開かれた
　扉の向こうに
人工呼吸器が　付けられた

寝たきりの　老人がいた
ある日　その部屋は　空っぽになって
片隅に　お骨箱と
　小さな　段ボール箱が
　一つ　置いてあった
私は　母のいた　部屋を振り返る
夕陽が　赤く　眩しく
閉じられた　カーテンを　照らしていた
あなたは　あの部屋で
ひっそりと　息を引き取った
慣れ親しんだ　家に
亡骸を　運んだ
いつも　家で　一人で
寝ていたように
　真っ白な　布団から

白髪の頭を　少しだして
強ばった　背中をまるめて
あなたは　そんなにも孤独だった

別れの間際で

ああ　苦しそうに　息をしている
あんなに　顔を　歪めている
　ああ　あんなところに
　わたしの　子がいる
もう
あそこへは
いけない
どうか　意識を　とり戻してください
　戻って　きてください
　どうなってしまったんだろう
わたしは　どうなるんだろう
どうか　いかないでください

ここに　いてください
　どこへも　いかないよ
　あなたを　みている
　ただ　息するのが　辛いだけ
ああ　お母さん　目を　あけてください
観音様　助けてください
　ああ　あんな　顔をして
　元気を　出しなさい
　しっかりしなさい
　わたしは　大丈夫
　ここにいるよ
どうか　息を　戻して下さい
　もう　もどれないの
　観音様が
　迎えてにきてくださってる

わたしの　旅は　本当に　楽しかった
悔いはありませんよ
どうか　戻ってきてください
もう　どうしようもないの
観音様に　この身を　委ねています
本当に　おわかれね
わたしは　あなたから　生まれた
それを　誰が　知っているだろう
誰が　感じられるだろう
誰が　語れるだろう
誰が　思い出してくれるだろう
あなたの　ほかに
あなたは　観音様が
授けてくださったのよ
あなたが　生まれる時

観音様に
一心に　願いました
あなたの　幸せは
わたしの　幸せでした
あなたの　幸いを　生きて下さい
ああ　目を開けてください
ええ　そうしたいけど
もう　その力はないの
あなたが　小さい頃　夜道で
わたしの手を　握りしめて
離れなかった
今度は　わたしが　握りしめている
あなたを　産んで　本当に　よかった
あなたと　出会えて　本当に　よかった
ありがとうね

ああ　とうとう　息が　とまってしまった
　半ば　口元を開き　微笑んでいる
　あなたは　どこに　いるんだろう
　　観音様の　み手のなかに
　　いつも　どこでも
　　呼びかければ
　　こたえますよ
　　今は　それを
　　伝えることが　できないの
　　今度は
　　なかった　時のなかで
　　この世で
　　出会うことのなかった　場所で
　　会いましょうね
ええ　また

始めましょうね　きっとですよ
　生まれなかった　記憶の中で
　また　巡りあい　祝福しあいましょう
　かって　あなたといた
場所と時のことを
今は　観音様の　慈悲に委ねます
それは　もう　語ることはできませんね
今は　そのための
おわかれですね
さようなら　お母さん
本当に　本当に　本当に　本当に　本当に　本当に
あ　り　が　と　ぅ　ね

「遺体」断想

「この身は、父母の遺滞（ゆゐたい）を受け、また地水火風をかり集めて作れり。固き所は地、濡れたるは水、暖かなるは火、動くは風なり。この中に、われと頼むべきものなし。心こそわれと言ふべきに、妄心は妄境を縁じて、念々に移り消え、刹那刹那生滅して、しばらくもとどまることなし。身も心も頼むべきものなし。息絶えぬれば心も失せ、身ももとに返りりぬ。暖かなるは火に返り、濡れたる所は水に返り、動くことは風に返り、固き所は地に返る。やさしく情けある心も、猛くかしこき心も、いづちか行きぬらむ。ただ木のごとくして、焼けば灰となり、埋（うづ）めば土となる。かしこきもいやしきも、誰かこのことを逃れん。」（『沙石集』無住道暁（1226——1312）編纂「老僧の年を隠す事」）

遺体には文字通り死んだ身体とは別に父母の残した身体、つまり生きている我々の身体を指す場合もある。遺族と言う言葉が、誰もが誰かの遺族であるのと同様に、生きている者は誰かの遺体である。文意から外れるが、この文脈に出てくる「心」は、仏教的にはマナ識に相当する自我（妄執）であろう。「私」が未だ母の胎の中にいて母と「心」が一つだった時まで遡れば「母の心」（または仏心）はこの身体の中に如来蔵として生き続けている、そんな想いがしてくる。

わたしの生まれた場所

黒々と
　扉が　開かれ
あなたの　遺体が入った　柩は
　煤の　染み付いた
　　台に乗せられ
　　ガシャンと　閉じられた
点火された　炎は
　黒い　煙になって　立ちのぼり
あなたは　燃え尽きていった
　バラバラに　崩れた　骨が
　　折り重なって　でてきた
白く　もろい　骨片を

　ひろい　集め
　　骨壺に　納めた
寝たきりだった　あなたが
身体を　拭い　着替える時
骨と　皮だけの
身体が　むき出し
露になった　下半身の　場所
わたしは　そこから　生まれ
この世で　最初の　産声を　あげた
垂れ下がった　両腕の皮膚
　突き出しそうな　骨
わたしは　その腕に　しっかりと
抱かれ　心地よく　眠った
　窪んだ　あばら骨
わたしは　その柔らかな　乳房に

吸い付き　育った
わたしが　生まれ
　わたしを　育んだ　あなたが
　燃え尽きてしまった
骨片を　集めた　白い袋を
胸に　押し付けると
　パキパキ　音を立てて
　潰れていった
それは　わたしが
　崩れて行く　叫びだった
それでも　その声は
あなたの　こころと
密かに　共振している
生まれる以前を　遡るように
たとえ　わたしの記憶が

拠り所無く
　彷徨い続けるとしても
いつも　わたしは　あなたの
こころの在処に　触れている
どこにいても　あなたの
縫い目のない　たましいの地に
しっかりと　根を　おろしている
わたしも　やがては
　燃え尽きて行く　あなたの
　　遺体（ゆいたい）であることを
　　　忘れることはない

「死者の想い」断想

「死者を崇拝することは美しい慣習である。（略）だが、どうやってよび起こすのか。（略）われわれは花をもってゆく。しかしすべての捧げものは、われわれの考えを彼らのほうへ向け、会話を続けるためのものにすぎない。人が呼び起こしたいのは死者の考えであって、その肉体ではないということは、十分明らかだ。また、彼らの考えが眠っているのはわれわれ自身の内部であることも明らかである。（略）ほかの人たちがミサを聞いたり祈祷をとなえたりするような具合に、死者を訪ねていってはいけない。死者たちは死んではいない。われわれが生きていることからそれは十分明らかである。死者は考え、語り、そして行動する。（略）耳を傾けることが必要である。すべてはわれわれの内部にある。われわれの内部に生きているのだ。（略）われわれは、自分自身の目からみると、あまりに弱く、あまりに移り気である。（略）われわれは死者たちを、つまらぬことは忘れる敬愛心によって正しく見るものだ。そして、おそらく最大の人間的事実である死者の助言の力は、彼らがもはや存在していないということに由来する。生存するとは、周囲の世界の衝撃に答えることだからだ。（略）そこで、死者の望むところを自分に問うことは、大いに意味があるのだ。そして、しっかりとものを見、よく耳をすますがいい。死者たちは生きようと欲している。

あなたの内部で生きようと欲している。かれらの欲したものをあなたの生命が豊かに展開することを、彼らはほっしている。こうして、墓というものはわれわれを生命へ送り返す。（略）こうして、われわれの考えは、（略）来るべき春と若葉とに向かうのだ。きのう私は、葉のおちかけているリラの木を見たが、そこにはもう若葉がでかけていた」（アラン（１８６８年―１９５１年、フランス哲学者）『幸福論』「死者の崇拝」串田孫一・中村雄二郎訳）

「死者は存在する　死者　死体の謂いではない　生存ではない存在形式において存在するものつまり異界のものの思い為すこと、それが物語である　死者の思い為しを生者は生きている　死者に思われて生者は生きている　従って、生存とはそのような物語なのである　生死とは言語であるの論理形式の、実質内容の側がこれである。」（『リマーク』池田晶子）

これがおそらく死者の分まで生きる、死者の声を傾聴する、死者とともに生きる、いつも死者に後押しされているという「死者」への確かな想いではないだろうか。そのように、人間の物語は「死者の歴史」と共にあり、死者に守られているとも言い換えられる。「今、ここ」の現在しか生きることができない生身の人間にとっては、「死者」に於いてしか、一瞬たりとも生きていないのである。

看取りのニルバーナ

もはや　一滴の水すら
受けつけなくなった
　わたしの　喉
あなたは　干からびた　くちびるに
水を　濡らしてくれる
ゆだねられ　燃え尽きようとする
わたしの　炎は　精一杯
あなたの　眼差しに　応えようとする
苦しみに　満ちた
一息　一息の　間の
ほんの　ひと時
この世の　あなたを

　確かめようとして
ほんの　すこし　目を開ける
あなたの　こころは　乱れ
赤子のように　泣いてばかりいる
　でも　もう　抱きしめることはできない
出会いと　別れは
あなたが　胎にあった　時の
　こころの　約束
今は　あなたの中で
生きようとしている
いつまでも　わたしは
あなたの　母でありたい
　底知れぬ　悲嘆の中にあっても
母の　母なる　慈悲の眼差しが
幾重にも　あなたを

包み込んでいますように
あなたを　宿した時
観音様に　捨て身で
　願いました
あなたの　幸いは
わたしの　幸いです
観音様から　生きる歓びを
　頂きました
わずかな　生死の時を
脱ぎ捨てても　わたしのたましいは
あなたの　行く末を　祈っています
母の　母なる　慈悲の力は
あなたの　幸いの道を
いつまでも　どこまでも
祝福しています

あなたの一息

あなたは
　最後の　ひと息を
　　吐き出して
　　　逝ってしまった
握りしめていた　手は
　冷たく　こわばり
もう　温かく　返すことはない
瞼は　半ば　閉ざされ
もう　見つめ　返すことはない
青紫色に　閉じられた　唇は
もう　微笑み　返すことはない
　わたしを　呼ぶことはない

あなたの　表情は
　青黒く　変色して
　　身体は　硬く
　　　凝集していった
どこでもない　どこかでもいい
いつでもない　いつかでもいい
　いつも　どこかから
　　　応えてほしい
あなただけが　わたしを知っていた
生まれる　前からの
　　　わたしを知っていた
それ以外に　わたしの
　　　在りようはなかった
銀河の果てでも　宇宙のかなた　でもない
地上の　小さな片隅で　いつも

あなたの　こころに　生かされている
わたしの　生死（しょうじ）を　育んでいる
それ以外に　わたしの
　　在りようはない
あなたの　時も　場所も
決して　過ぎ去らない
もう　まみえない眼差しよ
　きかれなくなった声よ
　　触れられない温かさよ
わたしの　呼びかけに　どうか
　　目覚め　応えてほしい
慣れ親しんだ　野の道で
　風が　頬に　触れるように
わたしを　見つけ出して欲しい
　可憐な　野の花が　揺れるように

ここに　いますよと
手を振ってほしい

「存在と縁起」の断想

「この世においては、何ものも生ずることなく（不生）、何ものも滅することなく（不滅）、何ものも常住することなく（不常）、何ものも断滅することなく（不断）、何ものも同一であることなく（不一）、何ものも別異であることなく（不異）、何ものも去ることなく（不去）、何ものも来ることがない（不来）という、即ち、そのような戯論（形而上学的議論）の消滅という、めでたい縁起のことわり（道理）を説きたもうた仏を、もろもろの説法者のうちで最も勝れた人として、私は敬礼する。」（龍樹『中論』「帰敬序」黒崎宏訳）

「一切の生きとし生けるものは、幸福であれ、安穏であれ、安楽であれ。いかなる生物生類であっても、怯えているものでも強剛なものでも、悉く、長いものでも、大きなものでも、中くらいのものでも、短いものでも、微細なものでも、粗大なものでも、目に見えるものでも、見えないものでも、遠くに住むものでも、近くに住むものでも、すでに生まれたものでも、これから生まれようと欲するものでも、一切の生きとし生けるものは、幸せであれ。」（『スッタニパータ』「蛇の章」中村元訳）

ブッダがダルマ（存在真理）を悟った時、或いはダルマと心身一如となった時、それをX線で透視して骨組みだけを語ったならば、龍樹の『中論』「帰敬序」になるだろうか。

梵天に懇願されて初転法輪に赴く前の仏陀は、この悟りのビジョンは誰も理解出来ないだろうと躊躇っていた。なぜなら、ダルマは語り得ぬもの（無記、沈黙）であり、方便（仏陀は語り得ぬものを語る為の方便の達人である）でしか説く事ができないと感じていたからであろうか。それをただ慈悲によってのみ人々に４０年間も説き続けたのである。何と言う人類史上の美しい奇蹟であろうか。

母の日のためのレクイエム

今日のうちに
　遥かな　銀河へ　旅立つ
　　母なるひとに
　　　幸いあれ
かって　子に　向けられた
　慈しみの　瞳は
夜空に　開かれてゆく
遥かな　旅路の　行く手を
　ニルバーナの　青い星群が
　　またたき　祝福する
生死を　滅した　母なる　眼差しに
　幸いあれ

時もなく　場所もなく　微塵に
散っていく　母なるひとよ
　あなたと
巡り会った時と　別れの時の
　裂け目を
純白の　水蓮が　咲き匂い
　慈悲の風景で
　被い尽くしている
巡り会った　母と子なるものに
　別れゆく　母と子なるものに
　過ぎ去って逝く　あなたに
　幸いあれ
母なるものの　いのちの　炎が
　燃え尽きてゆく
　母なる日々に　いつまでも

母であろうとして
　子のために　捧げられた
あなたの　こころは
純白の　たましいの地に
　戻っていゆく
いつも　間近に　顕われる
宇宙の　母なる　如来の
母なる　始まりの　眼差しの
こころの　生まれ　滅する
始まりの　終わりの
終わりの　始まりの　眼差しに
　幸いあれ
むすばれの　ほどかれの
母の　母なる　あなたの
子の　子なる　わたしの

むすばれの　ほどかれの
心身の脱落の時に
　脱落の心身の地に
　　幸いあれ
ニルバーナに達した　母なるひとに
　　幸いあれ

【注19】

「心身脱落（脱落心身）」は道元の信の核心にある言葉。「生老病死」のありのままを受け入れ、生死を滅することによる悟りの境地で（ニルバーナ：涅槃）あろう。空海の「即身成仏」に対応する。母になるという捨て身の行為は心身脱落して或いは即身成仏して、仏陀の愛そのもの、慈悲そのものに変容しようとすることであろう。

赤い星の眼差し

あなたが　去った夜
　赤く　瞬く　星を
　　見つけた
透き通った　冬空に
あなたの　残像を
　燃やし　尽くすように
　悲しく　輝いていた
いつもは　満天に
氷を　砕いたように
　一面に　散りばめられた
星たちが　輝いているのに
張りつめた　青い闇に

たった一つ
赤く　しみ入るように
　わたしを　見つめていた
今は　あの眼差しが
　どこにあったのか
　　わからないほど
星たちが　ひしめきあい
　　瞬いている
雨上がりに　立ち並ぶ
　墓標　一面に
死者たちの　涙が
　キラキラ　光っている
わたしは　その眼差しに
　　震えている
あなたの　真新しい　卒塔婆は

在りし日の
祈りの　姿を
浮かび上がらせる
あなたは　黄泉の河を　下り
補陀落の海を　泳いでいる
波間に　揺られ
赤い星となって
浄土に
ひきとられる
今は　あなたの行方を
祈り
あなたへの　供養のために
生きている
蒼穹の　瞬く
傍らで

「銀河鉄道」断想

宮沢賢治の銀河鉄道はいつも「あの世」と「この世」の地図の上を同時に走っている、往還している。決して銀河の果てまで行ったままではない。

一つは近景としての岩手山、花巻の街、北上川に沿って布佐機関士が運転する軽快な岩手軽便鉄道の軌道、もう一つは近景を包む背景にある因果の時空的制約のない異次元（賢治の表現では、「心象や時間それ自身の性質として第四次延長」『春と修羅、序』）へと向かう軌道、ジョバンニの夢の中では銀河の果てを目指す死者を乗せた軌道。そして『銀河鉄道の夜』では、ジョバンニ＝賢治は往還の共時性の軌道のなかに「本当の幸い」に目覚めることが予定されていたが、賢治は描けなかった、描く必要はなかった。

賢治のような壮大なビジョンでなくとも、私たちを乗せた汽車は海と山の間の渚を走って行く。左手には空と海の接する水平線を含む「あの世」、右手には我々が住み馴染んでいる山河という「この世」。この二つの風景が同時進行しながら2つの軌道の上を走っていくのである。左手の車窓には死者を映し、右手の車窓には生者を映している。死者と生者が同時にお互いを映しあいながら「心象の時空」を進行していく。もし、死者が映らなくなったら、「人間の物語」は廃墟に向うか、宇宙船地球号は脱線して宇宙空間を漂流するのみであろう。

二つの軌道は決して交わらないが、「あの世」で起こることは「この世」でも起こるという、そんな「ファンタスティックな在り方」を空想してみる。でも、これは空想なんかじゃなく、人間の心身を根源的に支え守っているアニミスティックな平衡感覚ではないだろうか。

銀河鉄道の駅から

銀河鉄道は　死者を　映して
　過去と　感じる方へ　疾走する
夜空に　あなたの　面影が
　青白く　瞬いている
　あなたは
もう　どこかの駅に　降りたのだろうか
　天上を　軌道する
　　白鳥区の　デネブ（注20）
　　さそり区の　アンタレス
　　　ではなく
たった今　流れ星が　おちた
　あの山の　向こうの

　ほの暗い　谷間あたりの
　清らかな　せせらぎで
　旅の疲れを　癒しているだろうか
それとも
触れられるほどの　間近さで
　机の上の　写真のように
わたしを　見つめてくれているのだろうか
わたしの　生まれた　あなたが
　　あの日の　あの時の　今が
　砕かれ　骸となってしまったことが
どうしても　　過ぎ去らない
賢治は　トシ子を求めて　慟哭し
オホーツクの海に　飛び込もうとした
銀河鉄道からの　便りでは
　トシ子は　賢治とともに　生きている

　カンパネルラは　ジョバンニとともに
　　本当の　幸いを求めて
　　　いつまでも　旅をしている
あなたは　夢のなかで
　いつも　顕われる
まるで　あの世と　この世を
　往復できる　切符をもって
　　どこかの　駅から　乗ってくるように
真夜中の　目覚めの
　おぼつかなさから　手をとってくれる
もう　銀河鉄道の夜から
　　　別れを　告げて
夜明けを疾走する　青い列車で
　　旅をしましょう
　　　明るい　車窓から

緑の風を　一杯受けて
かつて　一緒に降りた　駅まで
旅をしましょう

【注20】

ぞれぞれ白鳥座、さそり座の一番明るい星（α星）。賢治の『銀河鉄道』に登場し、重要なメタファーを担っている星である。

「心身脱落と即身成仏」断想

「脱落せんとするとき、皮肉骨髄おなじく脱落を弁肯す、国土山河ともに脱落を弁肯するなり。このとき、脱落を究竟の宝所として、いたらんと擬しゆくところに、この擬到はすなはち現出にてあるゆえに、正当脱落のとき、またざるに現成する道得あり」(『正法眼蔵』「道得」)

「六大無碍にして常に瑜伽なり。四種曼荼各々離れず。三密加持して速疾に顕わる。重々帝網なるを即身と名づく。法然に薩般若を具足し、心数心王刹塵に過ぎたり。各々五智無際智を具す、円鏡力の故に実覚智なり。」(『即身成仏義』偈)

ともに悟り体験の記述である。前者は座禅を通して(「只管打坐」)、後者は三密加持を通して、誰もが厳しい訓練によって、生身のまま悟りを得ることを示唆している。それは「一切衆生悉有仏性」(『涅槃経』)に源を発しているからと思われる。この生身の悟りは、現世において衆生済度の誓願と利他行の実践を前提としなければならない。道元を除く鎌倉新仏教の祖師たちは「生死」のうち、とりわけ往相(死後の極楽往生)に焦点をあて衆生の救済を実践した。

一方、母なるものが、子を生むことは、如何なる仏の救いがあるのだろうか。「生を明らめ死を明らむるは仏家一大事の因縁なり。生死の中に仏あれば生死なし。但生死即ち涅槃と心得て、生死として厭ふべきもなく、涅槃として欣ふべきもなし。是時初めて生死を離るる分あり。唯一大事因縁と究尽すべし（『修証義』）」。

母になるという捨て身の行為は心身脱落（道元）して、或いは即身成仏（空海）して、仏陀の愛そのもの、慈悲そのものに変容しようとすることであろう。ちょうど、法隆寺の玉虫厨子に描かれているジャータカ時代の仏陀の『捨身飼虎図』に描かれた自利利他の究極の行為（菩薩行）のように。それは脱落心身を招き、浄められたたましいの地（仏性＝如来蔵の地）から母と子が誕生するのである。その時、森羅万象のいのちが母子像の誕生を祝福するために馳せ参じ花開くのであろうか。

母なるひとのサクリファイス

あのひとは　どこにいるんでしょう
　抱え込んだ　小箱の中の
　　骨片だけがたよりです
あのひとなら　とっくに
　骸の殻から
　　飛び立ちましたよ
ほら　あの樹の幹に
　蝉が　休んでいますよ
目を閉じて　こころをすませば
たましいの　羽音が
　はっきりと　きこえますよ
あなたは　あのひとが　眠る

青黒い　御影石を　清め
あのひとが　愛した
深紅の　薔薇を　供養します
　間近な　青い炎が
　　揺らめき
　お香の　漂うなかに
あのひとが　手を合わせ
祈った　場所で
　涙を　流しています
あなたの　やつれた　哀れな姿を
悲しんでいますよ
　　元気を　だしなさい
　　私の分まで　生き抜いてください
　　悲しくなったら　笑顔で
　　私の名を　呼んでください

立ち上がりなさい
あなたの　悲嘆が
浄められますように
慈悲の道を
全うされますように

キラキラ　光る　雨上がりの枝に
　慈悲の　雫になって
あのひとの　眼差しが　一杯
まばゆく　見つめています
あのひとは　宇宙の　始まりから
旅して　やっと　あなたに
　巡り会ったのです
あなたが　この世に
　生まれてくることを
　　捨て身で　願ったのです

いつまでも　あなたの中で
　　生きようとしています
それが　母なる　あのひとの
　　サクリファイスです
もう　決して　外部にあることはなく
もう　生死（しょうじ）の　時に
　　巡り会うことはなく
　生死を　滅した　場所で
　　巡り会いましょう
それが　あなたのこころの
あのひとの　受胎告知（注21）です
もう　あのひとは　あなたを
　生むことはないのです
もう　あなたも　あのひとから
　生まれることもないのです

ただ　あなたを　祝福するために
今　この瞬間にも　子のために
　生きようとしているのです
ああ　あのひとの想いが　なければ
あなたは　一瞬も
生きてないでしょう
何と言う　奇蹟なんでしょう

【注21】

　この言葉は、聖母マリアへのキリスト誕生の告知だけでなく、宇宙の誕生、いのちの誕生、人間の誕生まで、深いメタファーを含んでいる。例えば、父母未生以前（道元）から「世界」が誕生する予感がある。これは「私」の誕生以前からの「私」という存在の宇宙開闢の予感と、それが今ここに現在化していることへの驚きである（生きている宇宙）。或いは、母子誕生の予感である。この場合は、母なる人の受胎告知であり、聖母でない生身のマリアである。

むすひの海へ

あなたは
　青い　夜明けの　煙る
　　慈しみの　海へ
　　　還っていった
遥かなに　結びあう
　群青の　み手に
あなたの　骸は　浄められて
波打ち際の　褥（しとね）に
　やすらいでいる
海鳴りの　祠は　あなたの
　たましいを　供養している
青黒く　寄せる

葬列に　手を引かれ
慈しみに　溢れる
時の　波のなかに
わたしは　身を　任せている
こころに　生死（しょうじ）のない
むすひ（注22）の　海が
　打ち寄せている
つかの間の　夢の　あわいで
間近な　あなたの鼓動に
　揺られている
在りようもない　在りようの
この世の　他界に
　触れている
しばし　此岸と　彼岸の
むすびのなかに　生まれ

身もこころも　脱落せんと
むすひの　海に
生かされている
抱かれている

【注22】

むすひはむすびである。むすひ（産霊）は『古事記』冒頭の登場する国造りに関わる神とされ、この場合万物の生成をつかさどる霊的エネルギーとして解釈されるが、むすびとも読める。これがむすひがたましいを身体に込める（むすぶ）ということにつながるのだろうか。

むすひの働きは、まるでタルコフスキー（１９３２年～１９８６年、ソ連から亡命した映画監督）の『ソラリスの海』のようではないか。ソラリスの海は人間の心の奥底にある「阿頼耶識の記憶」を現在化（現前化）するのである。

母と子のためのパンニャパーラミター

生きとし　生けるものよ
　骨肉を　脱落し
　　地に　滅するものよ
　　　時を　脱落して
　今　ここに
　　花開くものよ
いのちの　現在に
　　　幸いあれ
母に　花開くものよ
　子に　芽を出すものよ
　　花の　いのちに
いのちの　蕾に

こころの　誕生の時に
　幸いあれ
母に　なるものよ
　子に　なるものよ
お互いを　求め
　巡り会う　母なる胎動に
　　幸いあれ
生み　生まれては　生きめぐり
　生きわかれ　死にわかれ
死にかわり　死にめぐり
　生み　生まれるものよ
へその緒で　血肉を　わかちあい
切断され　母と子なるものの
　血肉の　地に
幸いあれ

マハー　プラジュニャー　パーラミター（注23）
生死（しょうじ）を　みごもり
　生死に　捩れて　涙し
　　生死を　　滅して
母なる　たましいの地に
　戻っていくものに
　　　幸いあれ
パンニャ　パーラミター
母として　慈悲を　与えてくれたものよ
　子として　慈悲を　頂いたものよ
　　ともに　祝福しあうものに
　　　祝福されたものに
　　　　幸いあれ
ガテー（注24）　ガテー　パーラ　ガテー
ガテー　ガテー　パーラ　サンガテー

骸から　脱皮して
母なる　たましいに　変容するものよ
自然(じねん)をさかのぼり
ニルバーナの慈悲に
還源(げんげん)(注25)するものに
幸いあれ
パンニャ　パーラミター
閉じられた　瞼の奥の
パンニャに　開かれた
純白の水蓮に　座するものよ
ともに　目覚め
ともに　ゆく
母と子なるものに
幸いあれ
ガテー　ガテー　パーラ　ガテー

パーラ　サンガテー
ボーディ　スヴァーハー

【注23】

偉大なる（マハー）『般若心経典』の神格化（法身）である。


【注24】

『般若心経典』経文のマントラ（真言）部分。『般若心経』は略名で、正式には『般若波羅蜜多心経』（サンスクリット読み／フラジュニャーパーラミタ・フリダヤ）。パンニャパーラミター（般若波羅蜜）以下のガテーガテーで始まり、ボーディ　スヴァーハーで終わる部分はマントラ（真言）であり、訳す事はできないとされ、そのまま漢字で音写された（玄奘三蔵）。

空海は『般若心経秘鍵』でこのマントラを「第五の秘蔵真言分」として解釈している。黒崎宏氏は『理性の限界内の「般若心経」』で「往けるものよ、往けるものよ、彼岸に全く往ける者よ、さとりよ、幸あれ。」とし、永遠の平安に入る人への、「応援歌」（ガンバレ！　ガンバレ！」と解釈された。田中雅博氏は『般若心経の秘密』で施護三蔵が『般若心経』を『佛説聖佛母般若波羅蜜多経』としていることから、「般若波羅蜜多」を仏母般若波羅蜜多菩薩として捉えている。

【注25】

「性薫我を勧めて還源を思いとす。経路未だ知らず　岐に臨んで幾たびか泣く。」（空海『性霊集』）

私の中の生まれながらに備わっている本来の仏のこころ（如来蔵）が動き出して、本源に還りたいと強く抱くようになった。しかし、どの道に進むべきか分からず、何度迷い、何度泣いたことだろう、といった意味である。

『本源に還る』こととは、仏国土、法身の地に帰ることであり、仏陀が説いたダルマを見つけること（悟り）であろう。でも、未だにその道を捜す事ができない、という青年空海の苦悩と悲嘆であった。

「リルケ墓碑銘」断想

Rose, oh reiner Widerspruch, Lust,
Niemandes Schlaf zu sein unter soviel
Lidern.

リルケと薔薇の関係は、薔薇という対象を自己の詩的言語に取り込んだというものではない。墓碑銘のドイツ語の詩を日本語に意味解釈し、日常言語への分節化の試みは悉く失敗するであろう。薔薇の観察から始めよう、想いをもって。例えば、薔薇の棘のある樹の奥から、官能的に咲く一輪の薔薇の花に没入しよう、あたかもリルケの眼差しのように。

凝縮された薔薇の蕾から徐々に花びらの重なりが内部から外部へせり出し開かれていく。やがて、その官能的な花芯が露になる。その花びらもお互いを抱きながら外延へひろげて行く、その色彩を微妙に変化させせながら。

薔薇の樹のそれぞれがおのれの自画像を描いている。一本の薔薇の樹に咲く花びら一枚一枚にもそれぞれ違った顔がある。見つめると匂いたち見つめ返してくる、その時お互いの眼差しが感応しあう（芭蕉にならって「薔薇のことは薔薇にならえ」と表現するならば、薔薇という対象は消滅し、表現者は薔薇と融合し、薔薇の「ことば、あるいは言霊」によって分節化されるのである)。薔薇の眼差しを触れようとして手を伸ばし棘にささり、「痛い」と叫ぶ。その叫びは、薔薇のものなのか私のものなのか判然としない。あたかも、リルケの詩のRose,「oh」という叫びのような一体感の余韻を残して。このような一体感をともなった響き(いのち同士のエコーと言うべきもの)は、芭蕉の句にも認められる。

薔薇の自画像

純白の　薔薇の
　香りは
あなたの
　一息と　混じりあう
真珠の　花芯を　開き
　あなたを　映している
ちょうど　あなたが
　薔薇を　見つめるように
あなたは　最後の
　一息をはいて
たましいの　消息を
　告げていった

庭の　あの薔薇たちは
今でも　あなたの　息ぶきと
　　共振しあっている
あなたの　こころと
　呼応しあって
薔薇の　こころを　開いている
あなたの　こころの薔薇は
　匂いたち
薔薇の　眼差しになって
あなたの　たましいの風景を
　描いている
ああ　薔薇よ
　あなたの瞳は　未だ　眠っていない
あたかも　見つめるものと
　　見つめられるものの

眼差しが　とけあって
　唯一の　こころの風景を
　　描くように
薔薇は　わたしの　一息と
　交じりあい
　あなたの　祝福と歓びが
　今　ここに（注26）
あることの証に
　純白の　花芯を
わたしの瞳のなかに
　描いている

【注26】

「今ここ」というのはとても不思議な表現です。現在という時点をこまぎれにしても、どうしてもすり抜けてしまう「今ここ」があります。まるで、それは場所とも時とも決して把握されない余白の場所にいるような感覚。その刹那、因と縁に導かれて何ものかと出会う「今ここ」に生きていることの奇蹟を感じるのです。

祈りの樹のみ手の中に

千手観音の　み手が
　生死の　裂け目に
　　差し伸べられ
　あわさった　手のひらに
　　あなたの　想いを
　　　かくまっている
とめどもなく
溢れる　悲しみは
　別れの　風景を
清めてくれる
手のひらに　いだかれた
白い　骨片は

身もこころも　脱落された
　たましいの　地から
　　想いの樹になって
　　　顕われる
わたしの祈りは
　あなたの　願いとなって
　　顕われる
わたしのなかに
　母なる　想いの樹になって
　　生まれ変わる
想いの樹の　枝は
　天に伸び
　　光を求め
　　　一杯の　葉をひろげる
一枚の　葉の想いは

その付け根に
　子なる　葉の蕾を
　　育みつくして
　　　地に舞い落ちる
母なる　想いのみ手は
子なる　蕾を
　いつも　描いている
目にいれても　痛くない程に
いつも　描いている
祈りの　樹の想いは
子との　わかれの時を
いつも　描いている
いつも　そこに
母の　母なる
　幸いがあるかのように

母の　母なる日を
描いている

あとがき

母が他界してもう二年になろうとしているが、未だに自身の悲嘆から抜け出す事ができない。それは人の子であれば誰にも必ずといっていい程遭遇するものであり、特別な体験ではない。母は戦争や自然災害や不慮の事故、或いは特別な大病を患って他界したわけではない。ある日、腰を痛め、それが原因で寝たきりになり、介護施設で息をひきとった。あと二ヶ月で満百歳であった。

「母の死」は「私」が子として、そこで誕生し育まれた場所の消滅＝喪失であった。言い換えれば、「私」という実質的な存在の根源、或いは誕生の起源の喪失体験であると言ってもよい。それ故に、「母の死」は「私」というアイデンティティに関わる危機的な一回性の出来事であり、「私」が今まで根をはっていた大地が崩れていくような感覚にも似た耐え難い体験なのであった。

日本文学で「母の死」を直接扱った作品として、斎藤茂吉『死にたまふ母』、中勘助の『母の死』の断片集がある。これらの作品は、ジャンケレビッチ（１９０３年―１９８５年、フランスの哲学者）の言う所謂「二人称の死」を扱っている。最も近しい者としての「母の死」を短歌形式、或いは散文的断片として、「私」という一人称の視点から時系列的に表現したものである。情緒的主観的な表現を極力排除することによって一貫性のある文学作品たりえている。

にもかかわらず、私にはこの一人称の視点からは直接母が「立ち顕（現）れて」（大森荘蔵『「流れとよどみ-哲学的断章-』）、私に語りかけ私の心の中に侵入してこないように感じたのである。言わば、この一人称で構成された世界からは、「死者」となった母がわたしの呼びかけに応えようとする「交流の場所」がどこにも見出せないのである。これは亡霊や妄想のことを言っている訳ではない。

しかし、この交流する「眼差し」こそは、日本人が古代から現代に到るまで様々な「場所」で、或いは「心」の片隅で他界したものたちを決して忘れず、想い起こし呼びかけては祈り、他界したものたちはそれに応じて遣ってきたという「感応の場所」を形成してきたのではないだろうか。それは、柳田国男氏の「祖霊信仰」や折口信夫氏の「霊魂」という民俗的な言葉を手がかりとして、日本の古代から受け継がれて来た習俗的なフィールドの中で発見され、正面から論じられ、愛惜を込めて記述されてきたものである。

このような「交流の場所」、或いは「感応の場所」を時制的に制御された断片的な散文や、その制約下から切り出された象徴的な短歌の形式で表現するのは不可能であろう。仮に、この記述する主体が1人称なのか他人称なのか、或いは誰が語っているのか固定しなかったら文脈的な破綻をきたしてしまうだろう。余談ではあるが小説の分野においても、文学史から見てこの成功例は唯一後期ドストエフスキーの作品ぐらいであろう(バフチン(1895年―1975年)ロシアの哲学者『ドストエフスキーの詩学』〈ポリフォニー論〉)。

にもかかわらず、私は「母の日のためのレクイエム」を、このような時制的な流れのない「よどみ」、過去・現在・未来が逆流するような「よどみ」、即ち「どこでもないどこか」「いつでもないいつか」としてしか表現しようがない「場所が主体」となるような表現をしたかった。それは、詩的なイマージュによる重層的な対話的・感応的な出来事として表現する方法が最も相応しいのではないかと考えた。小林秀雄氏の母が他界された数日後の夕暮れに、一匹の蛍をみて(注27)、「おっかさんは、今は蛍になっている」と直覚して、「或る童話的経験」を書こうとしたように。

このような表現方法によってのみ、記憶というイマージュから立ち顕れる母は、私の実存の時空を突き破って侵入し、「私の生死」を限りなく重なり変容していくのであった。それは空海の大日如来(いのちの宇宙そのもの)における曼荼羅的変容にも似て、母と私はお互いに「入我我入」(空海『秘密曼荼羅十住心論』「帰敬頌」)し、シャーマニスティックに分節化された詩的表現においては、母は私になり、母は私になるのであった。

母親と子どもは二回別離をする。一回目は母親の胎内から「この世」に誕生した時、即ち「この世ではない世界」からの別れ、二回目は「この世」での死別の時である。前者は「生(しょう)の時熟」、後者は「死の時熟」として表現する事ができる（筆者の造語）。「死の時熟」はハイデッカー（1889年～1976年、ドイツの哲学者）の Sein zum Ende、「生の時熟」はアーレント（1960～1975年、ドイツ出身の哲学者）の Sein zum Anfang に相当するとは私の単なる思いつきである。例えば、「生の時熟」としての存在、この時、時熟しつつある生まれようとする事態において、主語あるいは主体は誰なのであろうか。西田的（西田幾多郎、1870年～1945年）文脈で言えば「場所」が主語であり、フッサール的（E.G.A フッサール、1859年～1938年、オーストリアの哲学者）文脈として捉えれば「間主観性」ということになるであろう。

お互いが「入我我入」の関係性に立てば、「交流の場所」「感応の場所」から立ち顕れた母子像―その時を血肉と心を共有している一つの存在者―としか思われないのである。このような事態は心身の内的外的な一致と相互浸透による変容と進化が必要なのである。一方、「母の死」を「他者の死」としてではなく「死の時熟」として受容するためには、その場所に於いて「人称」の変容による神秘体験、回心・再生・復活が必要なのである。

「母の死」を乗り越える為には私自身の曼荼羅的変容（『即身成仏義』偈）が必要だった。日常的な分節化された「私」を限りなくゼロにリセットし（「ゼロポイント」、『意識と本質』井筒俊彦）、「心のレベル」において新たな自己分節化された「私」の誕生する場所が必要だったのである。その意味で、その詩作は「信」に基づいた「母の死」への供養と呪文であり、密教的な「死者」との入我我入のための儀式なのである。私はそこに「母の日のためのレクイエム」という私と母のための「グリーフケアのための詩と変容の儀式」を置いたのである。その「儀式」はまた、密教的に変容した日本古代のアニミズム信仰と向かい合う機会を与え、「曼荼羅的心の窓」を開けることになった。

母は西暦２０２１年12月30日の夜、10時42分に息を引き取った（日本の太陰太陽暦では大晦日）。日本の古代信仰では、盆と同様に大晦には祖霊たちが家に帰ってきてもてなしを受け、正月があけた時、西の空を拝むと帰っていく姿がみえるという（折口信夫『古代日本の魂信仰』）。私は母が父母や先祖たちと再会し、母を連れ立って帰っていく姿が目に浮かぶ。いつもの瞳を輝かせて喜々としている少女のような母の顔がみえる。

父の命日に

２０２３年8月26日

松久明生

【注27】

「母が死んだ数日後の或る日、妙な経験をした。誰にも話したくはなかつたし、話した事はない。尤も、妙な気分が続いてやり切れず、「或る童話的経験」といふ題を思ひ附いて、よほど書いてみようと考へた事はある。今はたゞ簡単に事実を記する。（中略）もう夕暮れであつた。門を出ると、行手に螢が一匹飛んでゐるのを見た。この辺りには、毎年螢をよく見掛けるのだが、その年は初めて見る螢だつた。今まで見た事もない様な大ぶりのもので、見事に光つてゐた。おつかさんは、今は螢になつてゐる、と私はふと思つた。螢の飛ぶ後を歩きながら、私は、もうその考へから逃れる事が出来なかつた。（小林秀雄『感想』新潮社、１９５８年。傍点は松久）

【追記】

本詩編の要旨はサブタイトル「グリーフケアのための詩と変容」として、上智大学グリーフケア研究所の例会で、報告した。また、京都面白大学（鎌田東二京都大学名誉教授主催）の第１３６講（YouTube）で本詩編の骨子について、再考察を加えた。この機会をいただいた鎌田東二先生に感謝いたします。

【著者紹介】

松久明生（まつひさ・あきお）

1951（昭和26）年名古屋市生まれ、北海道大学薬学部卒、医学博士（東京慈恵会医科大学）。密教学修士（高野山大学）。臨床傾聴士（上智大学）1985（昭和60）年～1992（平成４）年東京慈恵会医科大学（専攻生）、2004（平成16）年～2012（平成24）年大阪府立大学客員准教授、2004（平成16）年～2007（平成19）年千里ライフサイエンス振興財団企画委員等、製薬会社在職中併任（2018年）。現在、専門学校講師等に従事。

第一詩集『言葉の孤独』（郁朋社、2004年）第二詩集『オルフェオの瞳』（新潮社、2015年）がある。

母の日のためのレクイエム

― グリーフケアのための詩と変容 ―

2025年4月30日発行

著　者　**松久明生**
カバーデザイン　**松久ナシム**
発行者　**向田翔一**

発行所　株式会社22世紀アート
〒103-0007
東京都中央区日本橋浜町3-23-1-5F
電話　03-5941-9774
Email: info@22art.net　ホームページ：www.22art.net

発売元　株式会社日興企画
〒104-0032
東京都中央区八丁堀4-11-10 第2SSビル 6F
電話　03-6262-8127
Email: support@nikko-kikaku.com
ホームページ：https://nikko-kikaku.com/

印刷
製本　株式会社PUBFUN

ISBN：978-4-88877-325-6